2018年1月31日
金子兜太先生宅にて

2022 年 10 月 13 日
黒田杏子先生宅にて

静涵

董振華句集

SEIKAN

Dong Zhen Hua

ふらんす堂

序に代えて

おほかみの咆哮ののちいくさ無し

董振華さんのこの句が、「藍生」三十周年その十月号の巻頭句であることに、よろこびと同時に深い感慨を覚えます。董振華さんは兜太先生の秘蔵っ子とも言うべき北京出身の俳人。兜太先生の中国の旅のすべてに同行、先生と金子皆子夫人の信頼を一身に享けてこられました。この句は兜太先生追悼とも受けとれます。「海程」の同人を経て、「海原」同人。現在は「藍生」会員として、毎月の東京例会にも出席し、秀吟を発表されています。また、通訳・翻訳家として活躍中の中国漢俳学会副秘書長。いずれ「藍生」に金子兜太論を発表されます。こののち俳句作家としての前進が期待されます。「董振華をよろしく。彼には才能があるし、人間的に信頼できる」と兜太先生は私に向かって何度もくり返されました。

黒田杏子

〈「藍生」二〇二〇年一〇月号〈選評と鑑賞〉〉

静涵＊目次

句集　静涵

せいかん

帰依僧

二〇一九年

己亥・四十三句

物陰の尽きるところより初明り

物影穷尽处
新年曙光出

清らかな刹那さずかる梅開花

天赐清丽一瞬间
目睹早春梅花绽

手のひらに春光のほかものはなし

掌中春光驻
此外无一物

藍染展にて

藍染に織り込む春の物語

春天故事图
织入印花布

春の斜陽追い逐っく鳥は帰依僧

春日夕阳斜
归巢鸟儿追晚霞
皈依向佛法

前向けば後ろ寂しき蛙かな

青蛙目光凝向前
寂寞留在身后边

借景の分け隔てなく桃李

同是借景物
桃李花开春光入
不论谁胜负

青き踏む蹠に勿体ない心地

春至踏青来
脚下不忍踩

母の京劇の隈取を見て

隈取のまなじり上げし薄暑かな

勾脸谱眼角上扬
初夏天暑气未强

令和元年を迎えて

昭和通に満ちて令和の夏の月

令和夏月初登场
普照昭和大道上

夏蝶来て目じりのあたり闇匂う

夏日一蝶翩翩飞
眼角近前黑暗随

友逝くや耳朶の寂しき夏帽子

友去世间抛
徒留夏日遮阳帽
耳边寂寞绕

青あらし故人無からんとも思う

初夏和风熏
故人无处寻

搗練の仕女の郷愁滝千丈

张萱画布上
捣练仕女乡愁长
堪比瀑千丈

竹の皮脱ぐ無頼漢なる修行

笋因落箨方成竹
无赖修行人之初

時計草みるみるうちに齢かさね

西番莲花形似表
转瞬之间催人老

夏至の日の寂のかたまり卵焼き

夏至之日寂近凝
聊煎鸡蛋腹充盈

向日葵の太陽を恋う如く生く

葵花向太阳
人生亦图强

母老いてのろりのろりと晩夏なり

母亲上年纪
步履蹒跚重心移
晚夏徐徐抵

鷺一羽その全景の晩夏なり

一只白鹭晴空凌
构成晚夏全部景

俳句専念この夏の終わりけり

专心作俳句
今夏已逝去

秋兆す憂思ときどき額に来たり

忧思点点兆清秋
才下眉头
却上心头

離婚の友なでしこ一枝持っていた

好友离婚伤情涌
一枝瞿麦执手中

赤とんぼ日暮かまわず舞え踊れ

无视将晚轻薄暮
红色蜻蜓款款舞

とどけるような届かぬような秋望

貌似挙手可触碰
无奈只是清秋梦

秋夕焼呑まれるごとく独り占め

秋空映晩霞
似被呑噬亦不怕
独自占有它

鶏頭や今もよく見る下剋上

今与昔无异
以下犯上不足奇
鸡冠花昂立

黄河秋聲その漣のその延々

黄河满秋声
风吹水面涟漪生
层层复层层

エンストやカーブミラーに月傾斜

引擎骤熄灭
弯道车镜抬头瞥
月亮已西斜

秋思とは古き枢(とぼそ)の空廻り

秋思漫无边
彷佛经年門轴般
日日在空转

葡萄串串ときとして幽思なり

串串葡萄挂枝头
幽幽思绪时而漏

埋もれ木の村へ逃げゆく秋入日

秋日落阳显哀伤
躲进遗忘小村庄

地に案山子旅の一座のましぐらに

大地稲草人站立
空中群雁径直去

行商の金柑小さき声でかき

金桔果虽小
行商卖声高

赤いほど甘いと錯覚林檎剝く

真知出灼见
苹果并非红即甜
切莫看表面

無患子や衆生歓呼にわれの黙

无患子高悬
众人欢腾声震天
独自静默然

呪われてあり食中毒後炉火恋し

彷彿被咒诅
食物中毒无缘故
体寒恋火炉

さすらいの日々の続くや炉火恋し

漂泊生活日复日
炉火暖我鸿鹄志

さよならに寒露なおさら濃し重し

依依惜别情
寒露更浓重

台湾旅行　二句

安全のしおり読み閉じ亥の子餅

亥子饼垫底
安全须知已阅毕
只待飞机起

うたた寝の瞼の微動冬温し

暖冬宜旅程
身边亲人睡意浓
眼皮微微动

纏足の祖母の足裏のあかぎれよ

祖母缓解裹足布
唯见足底冻裂蹙

眼裏に余震の揺らぎ冬一語

眼底余震揺
冬日一語飄

俳諧有情

二〇二〇年

庚子・四十六句

イタリア旅　二句

意大利の掏児にご用心旅初め

新年出境游
意大利国多扒手
大意不可有

青空へピサの斜塔のこの激昂

比萨斜塔逾千年
激奋昂扬向青天

コロナウイルス　六句

庚子年のリセットボタン裸押し

新年法会开
祈祷庚子年无灾
能够重头来

注：裸押しは新年の季語。岡山市にある西大寺観音院で、陰暦一月十四日の夜に行われる修正会。

PCRの人ら余寒にただ堪える

春寒透体内
核酸检测排长队
市民身遭罪

春寒の暮光包まる武漢三鎮

武汉三镇二月天
暮光熹微透春寒

料峭の非凡な都市の鳴咽かな

春寒料峭中
非凡城市疫横行
户户呜咽声

ウイルスまみれ武漢の空を東風吹けど

武汉天空东风吹
新冠病毒紧相随

籠り居の二分の扉間(すきま)に春八分

避病毒蛰居
偶开门扉二分余
春光已八许

家庭菜園歩幅で量る二月尽

迈步丈量自留地
转眼二月将离去

麦を踏む軽さよ無印良品（むじ）のスニーカー

无印良品旅游鞋
务农轻踩麦苗田

土匂う土に融けゆく郷思縷々

春暖泥土香
缕缕乡思风中漾
融土化芬芳

春眠深し釈迦の掌中かもしれぬ

悠然春眠深
梦中犹疑亲身临
佛陀手掌心

手に小手毬足下に蹴鞠双生児

双胞胎兄弟
踢得一手好蹴鞠
手持绣线菊

面映ゆきショーウィンドーの飛花落花

橱窗映照含羞容
樱花迎风飞落中

十二星座いささか匂う柚子の花

十二星座按序排
柚子花香隐约来

誤読連々橙（だいだい）の花名札

花名标签写橙字
误读一次又一次

路地裏に父の激励梅雨の月

巷中闻父激励声
梅雨暂停月澄明

梅雨明けて日差しの目方増すばかり

梅雨期终天放晴
光照强度增不停

河骨やわれは痩身草食派

仲夏萍蓬水中浮
我本痩身食草族

夏の鹿白雲一朶ほどのピュア

夏日鹿身清纯
宛若一朵白云

三光鳥落ち着き先の見つからぬ

紫绶带鸟乘兴至
遍寻不见可依枝

俳諧有情真夏の月にひっかかる

俳谐有情浓
仲夏之夜月当空
我身陷其中

記憶よりゆるりとひらく水中花

回忆中生发
缓缓舒瓣展枝椏
梦幻水中花

鷺草咲くこの静けさの平和なり

鹅毛玉凤花儿开
和平时光安静来

唖蟬の強光帯びて開きし眼

哑蝉静无声
唯见两只黑眼睛
强光中大睁

オンライン乾杯の声カナカナカナ

疫情蛰居中
亲友在线干杯声
茅蝉鸣不停

スマホには母の溜め息ツクツクシ

智能手机里
不见母面闻叹息
寒蝉声凄凄

斜陽いま秩父皆野の曼殊沙華

斜阳照人间
秩父皆野好河山
彼岸花灿烂

郷愁や月光におく旅まくら

乡愁分外长
旅行途中孤枕凉
置于月光上

蚯蚓鳴く蟠り五分不思議五分

蚯蚓喃喃音
五分困惑扰我心
诧异亦相近

月出れば峨眉山白し若僧侶

月儿出山坳
峨眉群峰银辉照
僧侣正年少

朝月に寝返りを打つ林檎の香

晨月照纱窗
辗转反侧天已亮
忽闻苹果香

金木犀ひと日素直なこころかな

金桂花飄香
浮生偷取一日畅
暂得心安康

ハロウィンの渋谷細身の托鉢者

万圣节味浓
涩谷体瘦游方僧
托钵化缘中

病む惑星(ほし)に暗度加わり神の留守

地球病缠身
暗度加深灾祸频
众神出远门

小春日の投函口の放下かな

小阳春信发
邮筒投递一刹那
万般皆放下

独り居の良さと孤独さ冬うらら

独居双刃剑
无扰孤独各一半
冬日阳光灿

着膨れて歩調揃わぬ母子かな

母携子同行
厚厚冬衣身臃肿
步调不齐整

方々に隙間風方々にコロナ疲れ

四面漏风吹不停
全国上下疲疫情

北京冬天人も鳥も声高に

北京冬天俏
人鸟声皆高

着熟(きこな)しの狐裘のどこか悲の気配

狐裘皮衣虽合体
总觉何处有悲意

おほかみの咆哮ののちいくさ無し

头狼一声吼
从此无争斗

人間錆びて真冬のまこと崩れそう

人间万象生锈渣
寒冬真实欲崩塌

凍蝶の飛び立つ光なお哀し

冬日冻蝶乍飞起
其光其影尤哀意

寒鴉あつまる街の余白かな

寒鸦聚集来
街道显空白

満山の霧氷の白を一会とす

满山雾冰白
权当缘聚来

幾春光

二〇二一年

辛丑・六十二句

辛丑（かのとうし）年来し澄明に豊潤に

辛丑年来临
澄明又丰润

故郷の訛りおちこち初詣

新年参拜神
远近乡音闻

黄河流域初日にひかる大欠伸

黄河流域新年到
哈欠声里初日照

さすらいの修行の二日の吉夢かな

漂泊修行终有成
正月初二赐好梦

司馬遷の筆に解けゆく幾春光

司马迁笔忙
书尽将相并帝王
呕心几春光

牧笛悠々春の斜陽を問うごとく

牧笛悠悠响
满腹相思寄春光
依稀问斜阳

投身のごと華北平原の斜飛燕

华北平原上
燕子斜飞觅食忙
英勇上战场

富士映り皴(しゅん)皺(しゅう)細かき春の湖

春和景又明
波光粼粼湖水清
富士倒立影

春の星光り出す窓際が好き

春天星光灿
尤喜窗边看

セレナーデの余韻あした燕来る

小夜曲韵犹未尽
明日燕子将来临

陽炎の彼方に逃げ道のありや

阳炎彼岸处
必定有退路

鳥雲に郷愁のためかも知らず

候鸟入云头
莫非为乡愁

長城しばし万里にかかる春の虹

春天到长城
彩虹片刻挂青空
景色万里同

愛猫　二句

仔猫来て日に日に育ちゆく鼓動

猫仔到我家
日日在长大

仔猫来て菱田春草もういない

猫仔刚到世间来
菱田春草已不在

青き踏む虢(かく)国(こく)夫人あの豪奢

虢国夫人来踏春
奢华无度贯古今

花筏旅は一人のままがいい

晩春多落櫻
顺流一去任浮萍
喜一人旅行

見せかけの親切ばかり春驟雨

春天驟雨下
情谊皆虚假

祝 杭迫柏樹先生書展

妙筆に華生まれたり筆龍胆

书法展妙笔生花
诗情觅龙胆待发

皆既月食五月去りゆくこの動悸

五月离去日
恰逢罕见月全食
心悸难愈治

目白来て眺める猫の目の光

白眼鸟鸣啭
猫咪目不转睛看
眼中亮闪闪

燕の子濡れた目で見よこの世界

燕仔水汪汪大眼
睁开细看这世间

夏月光ひとすじ折るる六畳間

夏夜明月光
细细一道折进窗
六帖和式房

刈り上げは夫の十八番額の花

夫擅发型造
削薄修剪加推高
额紫阳花俏

屈原を憶(おも)えば夏の月満ちて

端午忆屈原
月明盈满天

まだ濡れている空を割る夏つばめ

尚且湿气多
空中夏燕轻飞过
彷佛被分割

不易流行いずこへいそぐ夏の蝶

“不易流行”芭蕉翁
夏蝶去哪急匆匆

故地を踏む真夏の胡蝶の心地かな

炎炎夏日里
蝴蝶翩翩飞故地
共我重游意

すだれ巻き鬱ゆるやかに巻きあがる

帘卷手徐徐
缓将烦恼与忧郁
一起卷进去

みんみんのこだまも埋む土石流

泥石流来袭
蝉鸣与回声一起
深埋入地底

日の出より日の入りのちの晩夏美(は)し

莫道晩夏日出美
落日余晖更陶酔

托卵のごと女子水球のパスワーク

女子水球运动
宛若育雛寄生

夕焼けてひと日の海と別れきし

晩霞映天際
大海相伴一整日
挥手道别离

青りんご無心に着地また着地

未熟苹果青又青
无意落地声复声

広島原爆ドームを見て

空蝉の被爆の壁にすがりおる

广岛原爆伤
目不忍睹断壁墙
蝉蜕附其上

郷思浮く行合の空の野放図

乡思轻轻飘
夏季秋季天空交
无垠亦遥遥

ひぐらしやときどき言葉呑みこんで

初秋茅蝉树间鸣
偶欲言语却噤声

きぬかずき何か打つ手がきっとある

芋头太小皮难剥
办法总比困难多

二人居の静寂(しじま)味わう夜長かな

漫漫秋夜长
二人同居一间房
静寂共品尝

すでに秋あの日あの時あの日差し

不觉已入秋
犹忆那日那时候
还有光照头

「波」誌創刊四十五周年を祝って　二句

四十五周年の秋の波音この澎湃

四十五周年
秋高気爽波声酣
澎湃永向前

貴き世の秋の波音きよらかに

坦然貴世行
秋日波声清

水琴窟寂かに秋とすれちがう

庭院漫步吟
窟井水滴似琴音
静与秋擦身

萬衆の一人よ仰ぐ今日の月

今夜明月挂中天
大众小我仰头看

実柘榴や独りぼっちの遠き日々

石榴结果实
孑然一身的日子
早已经远逝

武漢にて

蓮の実の売り声柔わき楚の乙女

可怜楚女细腰身
莲子叫卖声娇嫩

竹の春屈託のなきひと日かな

秋季绿竹长
终日无惆怅

百歳（ももとせ）を夢見る母の菊まくら

长伴母亲菊枕头
实现百岁梦无忧

トランプ大統領　二句

帰り咲くこの世に正義あるかぎり

花香自会再度开
只要世间正义在

帰り咲く得意なチェスの一手詰め

下子亦从容
尤其擅长一击中
花复开寒冬

叡山の一隅を照らす冬の虹

冬日彩虹起
比睿峰顶佛光聚
照亮山一隅

大白鳥すべての光うけとめて

洁白大天鹅
万道光身合

霜晴れをせり合う羽根の眩しさよ

霜天竞自由
羽翼炫眼眸

ポインセチア苦手なことはそのままに

眼前圣诞红一盆
棘手之事若惘闻

凍て星飛ぶその真っ先に乗るわたし

寒夜星飞过
我率先前坐

雪月夜われのみが知るパスワード

雪月夜莫问前程
密码握在我手中

しなやかな着地こころみ冬の蝶

冬蝶来回来去飞
尝试优雅落地位

独り寝の寝床にとどく隙間風

冬日夜里独自眠
窗子漏风吹床沿

空白に弱音かくれし古日記

年关即将临
日记空白留几分
藏入气馁音

寒の月この世無視するふりをして

寒月挂天边
冷眼看世间

梵鐘遥(とお)し叡山もまた今朝の雪

梵钟声遥远
比睿山顶今晨雪
似约我相见

待春の時光の底に只管(しかん)打坐(たざ)

置身待春时光底
只管打坐等时机

詩と遠方

二〇二二年

壬寅・七十八句

初明り床間に郭熙の「早春図」

屋内壁龛墙
郭熙早春图巻上
第一缕曙光

一重二重かさなる山の初景色

山峦一重叠一重
满目皆是新年景

江の島の水光まぶしき旅はじめ

旅程启新春
江之岛水光粼粼
任思绪飞奔

迎春や笑語歓声しきりしきり

处处辞旧迎新春
阵阵欢声笑语闻

春ゆたりひねもす思う詩と遠方

春日多悠闲
整天沉思无间断
诗与远方伴

兜太墓前告ぐることあり満作の黄

金缕梅开花儿黄
兜太墓前汇报忙

金縷梅（まんさく）の金継ぎ眩し青磁鉢

青瓷钵表面
修补金线映日炫
金缕梅花灿

春潮ごうごうゴッホの星月夜

梵高星月夜画面
春潮汹涌涛似雪

春雪の虚空装う紫禁城

春雪降臨紫禁城
银装素裹没虚空

自祝　五十歳の誕生日

五十路なる春日春光いまを生く

五十天命贵
春日春光多明媚
当下细品味

春眠のわたくし鳥になる途中

春眠梦境长
身化小鸟一愿望
正在半路上

春泥の乾き切らざる大地踏む

尽管春泥尚未干
脚踩大地心乃安

杭州にて

詩に留まる西湖の春の雨と客

西湖春景天
游人如织雨如烟
尽皆入诗篇

自由詩のごと春雨に濡れ渋谷

涩谷汇人流
若自由诗般自由
春雨润街头

アマゾンのジャングル胡蝶生(あ)れ継ぎて

亜马逊原始丛林
蝴蝶相继化生频

帰郷とは軒端に泥を積む燕

天暖燕归春意闹
啄泥檐下筑新巣

蛇穴を出ずうろたえず苛つかず

春暖蛇复苏
泰然自若洞穴出
不慌亦不怒

荘子佇みひととき花のふぶきけり

庄子伫立树下约
转眼一阵樱吹雪

祝　杭迫柏樹先生・緑舟夫人八十八歳生誕　二句

八十八歳（やそはち）を寿ぐ盞（うき）に茱萸の酒

书坛长寿星
清诗雅俳贺遐龄
茱萸酒杯盈

夢ありて老い遠し八十八夜

心中有梦人不老
八十八岁春尚早

世の閲ぎかまわず春の往かんとす

世间纷争不相干
春日欲往意阑珊

行く春の愁緒一懐抱きて寝る

春去剩几许
满腔伤情与愁绪
抱紧沉睡去

游子思う母の屈託柚子の花

儿行千里母担忧
柚子花开初夏头

海桐いま海王星に咲くような

眼前丛丛花海桐
依稀开在海王星

追い追われ少し軋轢生む揚羽

追逐被追逐
隐隐约约起冲突
两只凤蝶舞

なめらかな水蛇軽やかにさざなみ

柔滑水蛇河面过
轻轻激起细碎波

全て病む地球(ほし)を黒南風吹き通る

梅雨南风沉
强劲吹过地球村
皆生病沉沦

黒南風に衣袂(たもと)躍らす屈原の思

梅雨期风疾
衣袂飘飘随风起
屈原幽思忆

夜が明けて青葉若葉のこの近景

初夏天漸明
早晨轮廓次第清
眼前嫩叶景

独善や飽くまで白きエゴの花

野茉莉花开
色白直到厌意来
独善其身哀

月曜の予定真白き芒種かな

周一芒种来
日程无安排

征馬嘶き夫(つま)待つ石の苔青し

昔日征马嘶长空
望夫石上青苔盛

俳魂のすべてを照らす晩夏光

夏末阳光多轻柔
遍照俳魂无保留

大西日畳字のごとき双子かな

午后阳光里
孪生兄弟站一起
宛如重叠立

足摺岬にて

波光瀲灔足摺岬夕焼くる

波光潋滟海景隆
足摺半岛夕阳红

初あらし凝った右肩より通る

初秋台风起
从酸痛的右肩膀
强劲吹过去

カナカナや死に立ち向かうこの吶喊（とっかん）

茅蝉呐喊声
无惧死与生

バッテリーの切れる寸前夕ひぐらし

茅蝉鸣声不连贯
彷佛电池耗尽前

永平寺にて　三句

みんみんの力強さと梵音と

寺钟梵音清
蝉鸣愈强劲

読経の秋雨に濡れる最終頁

虔诚读经音
最后一页已接近
却被秋雨淋

梵音清し霧の杉参差（しんし）たり

梵音唤清容
山雾缭绕杉树丛
高低不相同

光湛え岸不規則の天の川

星光满天河
岸边不规则

秋日入る刹那はいつも面白き

秋景有时辰
尤其日落一转瞬
总是最动人

兜太墓碑閑かな高さ静かに秋思

兜太師墓碑
高度适中肃穆立
秋思亦静谧

秋陽の余暉よ関羽の赤マント

秋阳余晖浓
关羽披风红

芦ノ湖の一燦と化す秋の蝶

秋日蝴蝶掠水面
化作芦湖一灿烂

明月浮く西湖を微風一頻り

中秋水面明月浮
一阵微风过西湖

黙るとき李白の詩と月一片

静默时发现
李白诗意到绝巅
月光洒一片

無月にも果実を捧ぐ粗衣粗食

中秋月不见
粗茶淡饭心坦然
仍将果实献

臥待を恋の窓より入れようか

窗前爱意深
卧等十九月出巡
从此处进门

小鳥来る寂しい日差しを連れてくる

仲秋小鸟远处来
也将寂寞阳光带

釧路にて　五句

開拓者のごとくに秋のやち坊主

秋至物少润
钏路湿地莎草身
形似拓荒人

クッシー鳴く屈斜路湖より秋暮るる

屈斜路湖庫西鳴
湖畔秋韵近尾声

漣漪微々摩周湖の秋いま微醉

摩周湖水漣漪碎
岸辺秋日意微醉

旅情生む蝦夷地の紅葉おもむろに

旅途情怀渐渐生
北国红叶徐徐浓

素秋なり釧路を離れてゆくとき

道别离去时
钏路正秋日

無花果買って象形文字を買うごとし

无花果皮纹
宛如象形文字身
购买添趣韵

独酌に桂花の香りかと思ふ

独酌亦酣畅
犹思桂花香

いま書ける言葉を探し新小豆

晩秋小豆新上市
现寻一些好词使

稲刈りのうっすら白き父の背な

低头割稻穗
薄薄一层白光微
正是父亲背

愚かさの濃度を薄め今年酒

聊将今年新酒吃
糊涂程度被稀释

仮の世を飾りて永久（とわ）に帰す紅葉

红叶装饰尘世间
凋零之后归永远

末枯るる心の枯渇とは別に

秋枝头先枯
与心涸相殊

留守番の猫の額に来る夜寒

主人外出猫看家
夜来寒气额头拔

泥酔や渾身どこも散紅葉

酒醉失心神
红叶落满身

しぐれ雲朝の電車に滑り込み

秋冬骤雨云乍起
冲进清晨电车里

雀は山茶花に我はどのあたり

麻雀停落山茶花
我身驻足在天涯

理解求む執着なくて煮蒟蒻

初冬煮蒟蒻
理不理解奈我何
因为无执着

堰き止めし黄河の怒り冬の国

水流被拦堵
黄河散发雷霆怒
冬天的国度

自由求む冬の町どこも怒吼あふれ

人性求自由
严寒城市冷街头
处处满怒吼

風わたる枯枝枯葉の微吟かな

寒风一阵一阵吹
枯枝枯叶呻吟微

郷愁をやわらぐ離々と寒の菊

冬日菊离离
缓解乡愁意

着膨れていよいよ乳房らしくなり

冬衣一層又一層
乳房本相逐漸呈

母老いて弥々(びび)と豊かに実万両

母老体愈丰
朱砂根实红

ちちはの豊かな寝息大氷柱

父母呼呼酣睡声
檐下冰柱大且重

ゼロコロナ破片のようにわが帰郷

返乡路漫漫
政府倡导零感染
心已如碎片

憂国われら杜甫に似て杜甫とならず

我輩忧国心
紧追杜甫大诗人
却难成本尊

一縁に出逢いし風の春だより

暖风送春信
偶得缘一份

煙花易冷

二〇二三年

癸卯・七十二句

郷音違（たが）い郷愁同じ初参り

新年焼头香
乡音各异参拜忙
乡愁却一样

愛嬌の妻と子と居り花びら餅

妻娇子可爱
阖家团圆天伦在
菱葩饼不赖

耽読の宇治十帖や花びら餅

源氏物語奇
宇治十帖最入迷
菱葩餅旖旎

女正月羽化始まるよこのわたし

正月十五女子闲
我欲羽化身成仙

一月二十九日山盧訪問　三句

一月の夫婦の守る山盧かな

一月山庐行
秀实夫妇热情迎
无愧守护名

逸話多き山盧訪ねる春の月

山庐圣地多趣闻
春月到访不辞辛

後山いま静かに吹き出る芽の辛夷

后山春意浓
木兰静立一丛丛
风吹花蕾萌

羽透けるものらの春となりにけり

春到百鸟鸣
羽翼皆透明

愛嬌とは服の皺々と春の風

春风拂面熏人醉
人面娇美衣纹碎

萬木争春妻と争うこと莫れ

万木争春平安季
切莫与妻争高低

淡雪や何か言い忘れたような

春雪片片密
欲言似忘记

群鳥を沈めて春の暮柔ら

春天傍晚多柔情
群鸟没入日暮景

兜太の忌静かな雨の静かな音

春天静悄悄
兜太忌辰又来到
雨声亦不闹

郷思益す帷子雪の積もらない

春雪难以积
徒增乡思意

遠く光る春日のとんび一羽のみ

春日远处闪光点
一只雄鹰翱蓝天

遥かなる地平ぼうぼうたる春眠

遥遥地平线
茫茫三春眠

暮れ処を故郷と思う春めく日

春暖花开宜畅想
日暮之处是故乡

新刊書こんなに春の色茂り

新刊书齐整
春色如此盛

純情に惚れこみ水の月おぼろ

恋慕纯情浓
水中月朦胧

春陽に抱かれて西湖は処子となり

大地春阳浴
西湖变处女

春の水行くべき先はわが肺腑

春水有去処
该是我肺腑

啓蟄や地球のどこか欠けている

惊蛰虫复生
地球不完整

黒田杏子先生を悼む　三句

彼岸まで旅立つ杏子振り向かず

行旅彼岸走
杏子不回头

花杏子素直なかたち光りけり

春晚杏花迟
光彩无修饰

寒紅の遺影モナリザ似の微笑

遺像胭脂红
彷佛蒙娜丽莎容
淡淡微笑中

郷愁を抱かず霏霏と桜舞う

依依惜别乡关愁
霏霏樱花舞轻柔

労力を厭わず花のふぶきけり

不惧辛与苦
花瓣随风舞

結び目の和らぐ日々よ更衣

日暖衣扣渐系松
换季夏衣出箱笼

コロナ終焉

コロナ絶つ五月の陽光滂沱たり

新冠灾祸终过
五月阳光滂沱

江郎の才思尽きたり花は葉に

江郎才思尽
花落叶子新

胸襟開いて夏日を受け容れる

敞开我胸襟
接受夏日临

寝床まで煩悩つれぬスベリヒユ

长寿菜草生道旁
勿将烦恼带上床

六月八日母逝去　母を悼む　一〇句

ＪＡＬ21便に孝子を運ぶ母病む日

得知母病危
日航廿一北京飞
运送孝子归

松棺に永眠の母よ赤睡蓮

母亲永眠在松棺
安详如同红睡莲

モノクロの母の遺影に夏の月

母亲黑白遗像上
洒满夏夜哀月光

母逝くや柘榴の花の咲くうちに

庭院石榴花盛开
母亲逝去举家哀

雨音を母の寝息とする晩夏

晩夏雨音側耳听
慈母酣睡鼻息轻

超然とは息を吐いて寝る晩夏の母

超然人不同
晩夏母亲睡意浓
只闻呼气声

母偲び庭先煙花（はなび）冷め易し

母逝哀思缕缕升
庭院烟花最易冷

おふくろの後（しり）影（かげ）しずむ草いきれ

草丛蒸气腾
母亲离去见背影
沉没在其中

甘酒を飲めば先妣の言(こと)懐(おも)ふ

飲下米酒味甘甜
先妣嘱咐在耳边

JAL22便に哀思を載せる母逝く日

母亲溘然逝
日航廿二返航日
载我哀思驰

凌霄花紅塵に迷いこむような

凌霄花红色不深
恰似迷失在红尘

珍惜をうながす蟬の声透し

蝉鸣声剔透
催人惜今后

空蝉や生きるは死ぬに寄りかかる

蝉蜕有寓意
生死总相倚

秋立ちてもっとも静美なる睡姿

秋至夏让位
睡姿最静美

ちっち蟬われは孤独に忙しい

半翅目蟬叽叽鸣
唯我孤独忙不停

身に入むやわれは此岸母は彼岸

秋冷寂袭身
此岸彼岸两离分
儿子念母亲

瞑想や瞼やわらぐ廬山濃霧

闭目冥想在庐山
茫茫浓雾湿眼帘

空をゆく天馬のように秋思かな

秋思无定形
任天马行空

稲の穂やあんたいつまで独身者

稲秧如今已结穗
你要单身到哪辈

夜学子の灯りを糧に抱く未来

夜校学子莘
以灯为粮勤耕耘
未来成才俊

満目のすすき満腔なる愁思

遍地芒草来入目
満腹愁思向谁诉

秋天や黄河一面に横たわる

黄河一面秋自横
无论河南或山东

気が付けばいつも末席草の花

秋天花草不华美
发现总是最末位

世事に疎し夜長に親し寝そべり主義

不谙世间事
尤喜长夜无休止
躺平主义持

晨鶏の諾否を問わぬ夜の長き

不问晨鸡应允否
秋夜漫长无尽头

風受けて秋の風鈴鳴る不本意

秋天一风铃
并非出于本意鸣
风吹摇不停

灯火親し母の白髪光り翳り

母亲生白发
映照秋夜灯光下
亮中暗影杂

少年の青き寝息のごとく月

少年酣睡鼻息青
秋高空碧月儿明

名月に寡黙な齢でありけり

不同年龄兴不同
面对明月少激动

只管打坐漸入佳境山紅葉

红叶漫山谷
只管打坐无他顾
渐入佳境处

木守より空の碧さを慕う柿

晩秋柿子熟
只余一颗守护树
却将碧空慕

木枯らしや貧富貴賤を吹きわたる

初冬寒风起
无论贫贱与富贵
平等吹过去

蝶々雲地に降る重さまだ足らず

云朵似蝶天空浮
落地分量尚不足

冬夕焼だれも知らない死後の景

冬日彩霞映天青
无人知晓死后景

膚に当てし剃刃(そりば)のように冬三日月

三冬新月清光寒
恰似貼肤剃刀面

天狼に逢うまでわれの彷徨いぬ

我心起彷徨
直到遇天狼

語と息の間(あい)に突込む大ハヤブサ

雄鷹俯冲不迟疑
声音呼吸皆不及

寂に帰す山河ともども冬ごもり

山河冬眠去
世间归静寂

大寒や亡母（はは）との時間まだ冷めぬ

大寒寒意盛
与母共度时光恒
至今尚未冷

連れ立って斜暉正しうす暮の鳥

岁末飞鸟结伴行
欲将斜晖来扶正

君子慎独

二〇二四年二月迄

甲辰・十六句

壁紙の見事な継ぎ目去年今年

壁纸接缝看不出
去年今年亦如故

無と思うほどの水色初明かり

水色有还无
新年曙光出

世の嘘を世に閉め出して寝正月

世间谎言关门外
新年家中自悠哉

師も亡母（はは）も名簿に残し初電話

恩师并亡母
双双留在电话簿
贺春不出户

整然としているものの初山河

新年眼前盛景隆
井然有序无不同

一月一日俳誌「幻日」の創刊を祝して

「幻日」よさむらい七人旅はじめ

《幻日》创刊名
武士七人皆同声
新年新旅程

豆打って逃げだす鬼の振り向かず

立春前撒駆邪豆
小鬼逃跑不回头

俳誌「青麗」の創刊を祝して

出藍のほまれの青春うるわしき

师能弟子贤
青出于蓝胜于蓝
青春更丽艳

春立ちてわたし今から眠ります

转眼春已立
我今入眠去

慎独の君子に近寄る春の月

慎独君子身
春月欲走近

長谷川櫂先生の古稀を祝って

俳諧の春を光らす古希の華燭（しょく）

古稀阳春岂等闲
寿星华烛耀俳谐

橋本榮治先生の句集『瑜伽』の「俳人協会賞」を祝って

龍天に登る喜寿なる受賞かな

《瑜伽》获奖集
又逢寿诞七十七
龙年得双喜

師・兜太七回忌

会いに来て蕾の白梅(うめ)を墓碑に置き

恩师七忌辰
白梅花蕾兆初春
折枝置碑身

杏子先生一周忌

念深し彼岸も春の東雲に

师去无踪影
彼岸亦有春晓景
空留思念情

麦青し愁を識らずにいる少年

麦苗绿油油
少年不识愁

麦青し雲の片々一峰に

麦苗青青染田埂
白云朵朵聚一峰

跋——日中文化交流の架け橋として

「海程」・「海原」の同人で、日本の大学に学び長い在日経験を持つ董振華さんが、二〇一九年四月から始めた「聊楽」句会のアンソロジーは、すでに四回にわたって発行されている。全二九四頁に及ぶ本格的な同人誌である。メンバーは、創刊号二十名、第四号三十五名、今後さらに増加する可能性が期待される。日中双方の割合や男女比率は、名前を見ただけではわからないが、それはこの際問うまい。国境を越えた文化交流の成果が花開いたことを寿げば、それで十分であろう。

代表董振華さんの句・文にわたる大車輪の活躍は言うまでもないが、開巻冒頭の杭迫柏樹さんの書の名筆ぶりには恐れ入った。何年か前に、金子兜太先生を団長とする訪中団に参加したとき、北京の街頭で路上執筆をする人々の書の見事さに圧倒されたことを思い出す。歴史ある文化の厚みをあらためて痛感したからである。杭迫さんが日中どちらの方であろうと、民族を超えた文化交流のルーツをみせられた気がしたのである。

創刊号で董さんは、「聊楽」の題字を兜太先生から頂いた経緯を書いている。そこには、先生の董さんに対する熱い信頼と、日中文化交流の絆を絶やすまいとする意志が感じられる。その頃、董さんは個人的な事情から、これまでの作品をまとめた句集を出した上で俳句と訣別しようかと迷っていたところだった。先生は句集名として「聊楽」の二文字を、将来の句会名あるいは俳誌名として使ってもよいとして与え、「俳句は作りたい時に気軽に作ればよい。無理に作る必要はない。君にはそれができる。俺は信じる。」と励まされたという。先生は岐路に立つ人間を見抜いて方向性を与え、あわせて大きな時代や文化の流れを作り出す名伯楽だった。しかも、時の流れに機の熟するのを待つ練達の水先案内人でもあった。

日中の文化交流には、古い歴史的経緯がある。国家関係は必ずしも順調な経緯を辿ってきたわけではないが、文化の交流は絶えることなく続いて来た。董さんはその絆を結ぶ貴重な礎石となっている。日中バイリンガルの文化人として活躍出来る人材は、そうざらにはいない。

この度董さんは、一挙三一七句に及ぶ「静涵」と題する句集を上梓することになった。おそらく著者自身の〈あとがき〉で明らかにされると思うが、兜太師没後六年、さらに昨年、今一人の心の師とも頼む黒田杏子氏と実母の旅立ちに遭遇するに及んで、この間の句作をまとめて供養としたいとの思いから、句集の刊行を思い立ったのである。この句集名も兜太師が生前董さんに用意されていたものだという。その跋文を、「海原」代表としての小生に依頼があったので、以下作品鑑賞の形で、その責を果たしておきたい。

春眠深し釈迦の掌中かもしれぬ

牧笛悠々春の斜陽を問うごとく

司馬遷の筆に解けゆく幾春光
春泥の乾き切らざる大地踏む
投身のごと華北平原の斜飛燕

ここには、中国ならではの歴史的宇宙観が見えて来る。こういう句は、とても日本人では発想出来ないスケールの大きい時空と言うほかない。

手に小手毬足下に蹴鞠双生児
俳諧有情真夏の月にひっかかる
河骨やわれは痩身草食派
稲刈りのうっすら白き父の背な
女正月羽化始まるよこのわたし

在日経験の中で、このような日本の風土に根ざす俳諧味をものにしているのには驚かされる。「小手毬……蹴鞠」の音韻と「毬……鞠」の字にあるモノの質感の対照など、なまなかな在日体験からは生まれて来ないはずのものだ。

三光鳥落ち着き先の見つからぬ
蚯蚓鳴く蟠り五分不思議五分
寒鴉あつまる街の余白かな
燕の子濡れた目で見よこの世界
ひぐらしやときどき言葉呑みこんで

生きものの生態に人間の日常感を重ねて、アニミスティックなドラマを私小説風に描き出す。やはり長い在日体験からくる風土と日常の溶け合いが、生々しく立ち上がっている。

オンライン乾杯の声カナカナカナ
ハロウィンの渋谷細身の托鉢者
着膨れて歩調揃わぬ母子かな

世の嘘を世に閉め出して寝正月

托卵のごと女子水球のパスワーク

現在の日本の都市生活の表情を、肌理細かくリアルに捉えている。こういう即興感覚とアイロニーに、作者の俳句との相性のよさを感じる。おそらく、それは天性のものといっていいだろう。さすがに兜太先生はよく見抜いておられる。「聊楽」と「静涵」を、董振華俳句のパスワードのように位置づけて与えられたのではないか。

最後に、著者が親炙していた二人の師と、愛する母への追悼句を挙げておきたい。

兜太墓碑閑かな高さ静かに秋思

兜太墓前告ぐることあり満作の黄

寒紅の遺影モナリザ似の微笑

彼岸まで旅立つ杏子振り向かず

大寒や亡母（はは）との時間まだ冷めぬ

母偲び庭先煙花（はなび）冷め易し

兜太ご夫妻からは、中国の孫とも呼ばれるほどの愛され方をしていたのだが、そこには人懐こい著者の人柄が反映していた。また黒田杏子氏からは、多分姉様の叱咤激励が飛んでいたのではないか。実母への思慕は、もはや生得のものだったであろう。

この句集は今までと同様、中国語訳も付けている。他の句集にはない強みになりそうだ。大きくみれば、日中文化交流の架け橋の一つとなるだろう。是非董さんにはこれからも大いにご活躍して頂きたいと願う。

令和六年一月

安西　篤

あとがき

大学の時から、自分の人生を五年ごとに企画を新たにして歩んで来ました。

句集『聊楽』を刊行してから五年が過ぎ、この五年間に様々な事がありました。

当初、『聊楽』を刊行したら、作句を止める予定でしたが、金子兜太師のご逝去により、「日中文化交流に於いて君しかできないことがある。俳句は書きたい時書けばよい、決して無理に書く必要はない」という師の言葉が耳に蘇りました。師の遺志を受け継いで中日文化交流の絆を更に強めるために、二〇一九年四月に、両国の有志が参加する「聊楽句会」を立ち上げ、週に一句の錬句会を始めました。発足時は八名でしたが、現在は三十八名になりました。また、「海程」の後継誌、安西篤氏代表の「海原」に所属しながら、黒田杏子先生のご厚意により「藍生」の会員にも加入させていただきました。ところが、昨年の三月に黒田先生が脳内出血で急逝され、六月には私の母も亡くなりました。寂しい事ばかり続くなか、二人の師と母の供養として、二〇一九年から二〇二四年までの五年間を一つのけじめとして、新しい句集を出す事にしました。

句集『聊楽』を読んでくださった方々から、よく句集名の意味を教えてくださいと言われました。今更ですが、新しい句集名「静涵」のことも兼ねて説明いたします。二〇一五年、それまで十年間の作品を纏めた句集を出した後、俳句を止めようかと思いました。兜太師に序文と句集名の揮毫を頂いた時、「君にとって俳句は聊か楽しいものだと思って書けばよい。将来、自分の句会を持った時に、句会名また雑誌名として使っても良い」とおっしゃって、「聊楽」（いささかな楽しみの意）の二文字を頂きました。また、動揺する私の気持ちを見透したようで、「俳句は書きたい時書けば良い。無理に書く必要もないし、急ぐ必要もない。しばらく休んで、充分に気持ちを潤してから、再開すればよい」ともおっしゃって、俳句を再開する時に使えるような題字も書いて下さいました。それが今回の句集名「静涵」（心を落ち着かせて学問を修め、品性を養う意）です。大変有難い師の心遣いでした。

また、今回の句集もこれまでと同様、中国の方々にも読んで頂きたいため、句の後ろに中国語訳を付けました。

句集の刊行にあたり、題字の揮毫を賜った兜太師、今まで大変お世話になり、「藍生」誌上において拙句を鑑賞頂いた黒田先生、跋文を賜った安西篤先生、温かい帯文を下さった長谷川櫂先生、そして出版を引き受けてくださり、何から何までお世話になったふらんす堂に、併せて心から感謝の意を捧げます。

二〇二四年二月二十日

董　振華

著者略歴

董　振華（Dong Zhen Hua）

1972年生まれ、中国北京出身。北京第二外国語大学日本語学科卒業後、中日友好協会に就職。同協会理事、中国漢俳学会副秘書長等を歴任。早稲田大学国際関係学修士、東京農業大学農業経済学博士。1996年慶應義塾大学留学中、金子兜太について俳句を学び始める。句集に『揺籃』『年軽的足跡』『出雲驛站』『聊楽』等。訳書に『金子兜太俳句選譯』『黒田杏子俳句選譯』『特魯克島的夏天』『中国的地震予報』（合訳）等。編著書に『語りたい兜太　伝えたい兜太──13人の証言』、『兜太を語る──海程15人と共に』等。現在、「聊楽句会」代表、「海原」同人。現代俳句協会評議員、日本中国文化交流協会会員。

現住所　〒164-0001　東京都中野区中野5-51-2-404
mail　toshinka@hotmail.com

句集　静涵　せいかん

二〇二四年六月六日　初版発行

著　者——董　振　華

発行人——山岡喜美子

発行所——ふらんす堂

〒182-0002　東京都調布市仙川町一—一五—三八—二F

電　話——〇三（三三二六）九〇六一　ＦＡＸ〇三（三三二六）六九一九

ホームページ　https://furansudo.com/　E-mail　info@furansudo.com

振　替——〇〇一七〇—一—一八四一七三

装　幀——和　兎

印刷所——日本ハイコム㈱

製本所——㈱松岳社

定　価——本体二七〇〇円＋税

ISBN978-4-7814-1663-2　C0092　¥2700E